AF396598

LA PROCHAINE ASSEMBLÉE

DES ÉTATS-GÉNÉRAUX,

ET LA RÉGÉNÉRATION FUTURE

DE LA FRANCE:

OUVRAGE EN VERS,

Par un Membre du Tiers-États.

M. DCC. LXXXIX.

AVERTISSEMENT.

CE petit ouvrage eſt deſtiné à faire jouir le Peuple par anticipation, du plaiſir que lui procurera le nouvel ordre des choſes qui ſera le réſultat de l'aſſemblée des États - Généraux; aſſemblée dont on peut avec aſſez de fondement avoir l'augure le plus favorable. C'eſt une douce perſpective de notre prochain bonheur : c'eſt un tableau racourci des bienfaits que le meilleur des Rois veut procurer à ſon Peuple. Que de motifs pour l'acceuillir favorablement !

LA PROCHAINE ASSEMBLÉE

DES ÉTATS-GÉNÉRAUX.

Bientôt vont s'affembler les États-Généraux,
Puiffent - il extirper le germe de nos maux !
Et puiffent ces États que la France defire,
Jufqu'en fes fondemens régénérer l'empire !

Notre Roi veut le bien ; tout devrait s'empreffer,
De fervir fon defir & de le feconder,
Afin d'effectuer tant de Projets utiles,
Et parvenir au but par des chemins faciles.

Mais ce bien que le Roi veut opérer pour nous,
Sera-t-il confenti ? fera-t-il BIEN pour tous ?
Lorfqu'il propofera des Loix juftes & fages,
Pour réformer chez nous les Mœurs & les Ufages,
Pour l'uniformité des Mefures, des Poids,
Les verra-t-on paffer d'une commune voix ?
Sera-t-il contredit quand fon cœur Magnanime
Prefcrira les moyens de mettre un frein au Crime ?
Dira-t-on, quand LOUIS foudroiera les abus,
Qu'il ne faut pas heurter les préjugés reçus ?
Vera-t-on quelque Grand odieux ou bizarre,
Défendre fa coutume infenfée ou barbarre ? (1)
Là, vera-t-on gémir le Dignitaire en deuil,
Pour quelque Privilége objet de fon orgueil,

<hr>

(1) Les diverfes Coutumes abrogées.

C.

Qu'il voit anéanti par le pouvoir fuprême ? (2)
Et l'inhumain Traitant en fera-t-il de même
A l'afpect de l'Édit qui d'étruit les impôts,
Mais qui nous rend à tous la vie & le repos? (3)
Verra-t-on dans ces lieux la Difcorde fatale,
Y fouffler le venin de fa bouche infernale?
Enfin, dans ces États fe verra-t-il quelqu'un
Refufer de fe rendre à l'intérêt commun?
Non, tout fera penétré de cette noble envie
D'obéir à fon Roi, de fervir la Patrie;
Et chacun dans fon rang fe montrera jaloux
De fe facrifier pour le bonheur de tous.
Ainfi de ces États telle en fera l'iffue :
Dieu faffe que ma foi ne foit point confondue!
Alors, commenceront tous ces grands changemens,
Si long-temps defirés, différés fi long-temps.
Le peuple chantera dans ces jours d'allégreffe :

Vive à jamais LOUIS ! il remplit fa promeffe.
Français, tombons aux pieds de notre fouverain,
Lui, qui par fa bonté change notre deflin.
La peur d'une réforme eft enfin difparue ;
L'Hydre qu'on a tant craint, a la tête abbatue.
Ceux qui craignaient le plus demeurent flupéfaits,
De voir au lieu de mal, un fleuve de bienfaits.

Ainfi, la volonté, le zèle & la conftance,
Animés par le Roi, régénèrent la France.

---

(2) L'extinction des Priviléges.
(3) Les Impofitions municipales & les Impôts indirects abolis.

Les obſtacles nombreux qu'il fallut ſurmonter,
Ont étonné LOUIS, mais ſans le rebuter;
Par ſon mâle courage, il rend tout corrigible:
A qui veut fortement, il n'eſt rien d'impoſſible.
Ferme dans ſes deſſeins, conſtant dans ſes projets,
De tous les embarras, il ſort avec ſuccès.
Il a des vielles Loix réparé les ruines,
Et des difficultés arraché les épines.
Il a fait pour ſauver ſon Peuple agoniſant,
Eclater ſon pouvoir par un moyen puiſſant:
Formant ſur l'avenir d'heureuſes conjectures,
Je viens d'en eſquiſer les riantes peintures.
Ce deſtin fortuné que tous nous attendons,
Encore un peu de tems & nous en jouirons,
Notre bonheur futur ſerait préſent peut-être
Si le Roi fut ſervi comme il auroit dû l'être,
Quelle ſeroit déjà notre félicité;
Si NECKER eut été toujours à ſon côté!
Combien cet homme intégre, auſſi profond que ſage,
Combien d'heureux moyens il eut mis en uſage!
Le peuple fait bien voir par ſes triſtes regards
Que tout languit chez nous le commerce & les arts.
Les vivres ſont d'un prix que l'on ne peut comprendre,
Et le Marchand faillit faute de pouvoir vendre,
Le défaut de travail & le manque d'argent,
Portent dans tous les cœurs le découragement,
Mais à nos maux divers il eſt un grand remède
Propre à nous raſſurer, & NECKER le poſſède;

Il va le préfenter aux États-Généraux,
C'eft un des dignes fruits de fes nobles travaux.
Au falut de l'État, il met toute fa gloire,
Et c'eft par là qu'il marche au temple de Mémoire.
Le Roi dans tous les tems eut confiance en lui,
Abfent, il fe fouvint comme il en fut fervi.
Il connait fes talents, fa droiture & fon zèle,
Il ne peut s'en paffer, il l'invite, il l'appelle :
Enfin, nous jouiffons de ce plaifir fi doux,
Pour la feconde fois NECKER eft parmi nous.
NECKER, cet homme droit, fi noble en fa conduite!
Le favoir n'eft en lui que le moindre mérite.
Cet ami des Français & de la Vérité,
Montre un fond de candeur & plein d'urbanité.
A la voix de LOUIS, ce Miniftre fidèle,
Part, quitte fon repos, n'écoute que fon zèle,
Il reprend fes travaux, corrige met au net,
Ce Plan fi bien conçu qu'autrefois il a fait.
Ce travail précieux ranime l'efpérance,
Rend la vie au Commerce, amène l'abondance ;
Les bienfaits de LOUIS vont nous la procurer,
Et par lui le Bonheur chez nous va fe montrer.
Il fatisfait, remplit dans les biens qu'il nous donne,
Les befoins de fon cœur & les devoirs du Trône.
Il montre à l'Univers, forcé de l'admirer,
Son amour pour fon Peuple, & comme il faut régner.
Un Roi qui n'eft que Roi vit & règne fans gloire,
Au moment qu'il n'eft plus d'ifparoit fa mémoire.

Dans les faftes des tems il n'eft jamais cité,
Son nom arrive à peine à la poftérité.
Ainfi furent ces Rois fainéans, imbéciles,
Et qui ne furent Rois que pour être inutiles.
Màis un Roi jufte & bon, qui rend fon peuple heureux
Eft un Être divin, c'eft un préfent des Cieux;
Nous trouvons dans LOUIS ces qualités aimables,
Qui lui font-defirer le bien de fes femblablès;
Qui lui font mériter le nom de GÉNÉREUX,
Titre qu'il portera chez nos derniers Neveux.
Il réunit en lui Titus & Marc-Aurèle:
Les Rois de l'avenir le prendront pour modèle;
D'imiter fes vertus ils feront tous jaloux,
Et qui l'égalera fera béni de tous.

Dans peu s'établira (fruit de cette réforme,)
Un Code régulier d'un Code tout difforme;
Contenant peu de Loix, mais pleines de clarté,
Simples, fans équivoque & fans obfcurité.
Et fur le même fait notre Jurifprudence,
Ici, là, jugera fans nulle différence.(4)
Au centre de la France, à l'un & l'autre bout,
On verra la raifon être raifon partout.
Et la Chicanne enfin, profcrite & fans afyle,
Rentrera dans l'enfer & tout fera tranquille.
Vous qui dans ces États-ferez au premiers bancs,
Vous tous, grands du Royaume, & vous les plus puiffans;

---

(4) La Jurifprudence rendue uniforme dans toute l'étendue du Royaume.

Quelques foient vos Grandeurs, les hommes font vos frères,
Du moindre des Français entendez les prières.
Vous touchez au moment que vos fameux décrets,
Peuvent rendre vos noms célèbres à jamais ;
Même augmenter pour vous notre tribut d'hommages.
Aux demandes du Peuple accordez vos fuffrages.
O Grands ! vous pouvez tout : montrez - vous généreux,
Et goûtez le plaifir de faire des heureux.
A l'afpect de nos maux foyez humains, traitables,
Et faites voir de quoi les grands cœurs font capables.
Rendez-vous au defirs de notre Souverain,
Donnez à ces États la plus heureufe fin.

J'AI lu par ordre de Monfeigneur le Garde des Sceaux, *la prochaine Affemblée des États-Généraux, & la Régénération future de la France :* Ouvrage en Vers, par un Membre du Tiers-États, par M. GENDARME, & j'ai cru qu'on pouvoit en permettre l'impreffion, fait à Paris, ce 11 Mars 1789,

BRET.

De l'imprimerie de P. R. C. BALLARD, Imprimeur du Roi, rue des Mathurins, 1789.

PIECE EN VERS,

SUR LA PROCHAINE ASSEMBLÉE

DES

ETATS-GENERAUX,

Et sur la régénération future de la France.

VERS

Sur la prochaine Assemblée des Etats-Généraux, & sur la regénération future de la France.

Bientôt vont s'assembler les États-Généraux,
Puissent-ils extirper le germe de nos maux !
Et puissent ces États que la France desire,
Jusqu'en ses fondemens régénérer l'empire !

Notre Roi veut le bien, tout devrait s'empresser,
De servir son desir & de le seconder,
Afin d'effectuer tant de Projets utiles,
Et parvenir au but par des chemins faciles.

Mais ce bien que le Roi veut opérer pour nous,
Sera-t-il consenti ? sera-t-il BIEN pour tous ?
Lorsqu'il proposera des Loix justes & sages,
Pour réformer chez nous les Mœurs & les Usages,
Pour l'uniformité des Mesures, des Poids,
Les vera-t-on passer d'une commune voix ?
Sera-t-il contredit quand son cœur Magnanime
Prescrira les moyens de mettre un frein au Crime

Dira-t-on, quand LOUIS foudroiera les abus,

Qu'il ne faut pas heurter les préjugés reçus ?

Vera-t-on quelque Grand odieux ou bizarre,

Défendre sa Coutume insensée ou barbare ? (*a*)

Là, vera-t-on gémir le Dignitaire en deuil,

Pour quelque Privilége objet de son orgueil,

Qu'il voit anéanti par le pouvoir suprême ? (*b*)

Et l'inhumain Traitant en fera-t-il de même

A l'aspect de l'Édit qui détruit les Impôts,

Mais qui nous rend à tous la vie & le repos ? (*c*)

Verra-t-on dans ces lieux la Discorde fatale,

Y souffler le venin de sa bouche infernale ?

Enfin, dans ces États, se vera-t-il quelqu'un

Refuser de se rendre à l'intérêt commun ?

Non, tout sera pénétré de cette noble envie

D'obéir à son Roi, de servir la Patrie ;

Et chacun dans son rang se montrera jaloux

De se sacrifier pour le bonheur de tous.

Ainsi de ces États telle en sera l'issue :

Dieu fasse que ma foi ne soit point confondue !

(*a*) Les diverses Coutumes abrogées.

(*b*) L'extinction des Priviléges.

(*c*) Les Impositions municipales & les Impôts indirects abolis.

Alors , commenceront tous ces grands changemens ,
Si long-temps defirés , différés fi long-temps.
Le Peuple chantera dans fes jours d'allégreffe :
Vive à jamais LOUIS ! il remplit fa promeffe.
Français , tombons aux pieds de notre fouverain ,
Lui , qui par fa bonté change notre deftin.
La peur d'une réforme eft enfin difparue ;
L'Hydre qu'on a tant craint , a la tête abattue.
Ceux qui craignaient le plus demeurent ftupéfaits ,
De voir au lieu de mal , un fleuve de bienfaits.

Ainfi , la volonté , le zèle & la conftance ,
Animés par le Roi , régénèrent la France.
Les obftacles nombreux qu'il fallut furmonter ,
Ont étonné L O U I S , mais fans le rebuter.
Par fon mâle courage , il a rendu fenfible :
A qui veut fortement , il n'eft rien d'impoffible.
Il a fait pour fauver fon Peuple agonifant ,
Eclatter fon pouvoir par un moyen puiffant.

Ce bien qu'il nous procure eut moins tardé peut être
S'il fût toujours fervi comme il aurait dû l'être.
Quelle ferait déjà notre félicité ,
Si NECKER eût été toujours à fon côté !
Ou fi , dumoins , LOUIS eût , pendant fa retraite ,
Rencontré fes vertus dans quelque cœur honnête !

Mais souvent l'intérêt & la cupidité,
Ont placé près de lui des gens sans probité,
Qui, loin d'accélérer cette grande entreprise,
Ont tous laissé l'Etat dans la plus forte crise.
Ainsi fut ce C......; ô souvenir affreux !
Oublions jusqu'au nom d'un transfuge odieux.
Tous les maux qu'il a faits ne sont pas sans remède ;
B....... en fit autant, mais Necker lui succède.
Le Roi toujours trompé dans ceux qui l'ont servi,
Redemande Necker, l'appelle auprès de lui.
Necker, cet homme droit, si noble en sa conduite !
Le savoir n'est en lui que le moindre mérite.
Cet ami des Français & de la Vérité,
Montre un fond de candeur & plein d'urbanité.
A la voix de LOUIS, ce Ministre fidèle,
Part, quitte son repos, n'écoute que son zèle.
Il reprend ses travaux, corrige, met au net,
Ce Plan si bien conçu qu'autrefois il a fait.
Ce travail précieux ranime l'espérance,
Rend la vie au commerce, amène l'abondance ;
Les bienfaits de LOUIS vont nous la procurer,
Et par lui le Bonheur chez nous va se montrer.
Il satisfait, remplit dans les biens qu'il nous donne,
Les besoins de son cœur & les devoirs du Trône.

Il montre à l'Univers, forcé de l'admirer,
Son amour pour son Peuple, & comme il faut régner.
  Un Roi qui n'est que Roi, vit & règne sans gloire,
Au moment qu'il n'est plus, disparaît sa mémoire.
Dans les fastes des temps il n'est jamais cité,
Son nom arrive à peine à la postérité.
Ainsi furent ces Rois fainéans, imbéciles,
Et qui ne furent Rois que pour être inutiles.
Mais un Roi juste & bon, qui rend son Peuple heureux,
Est un Être divin, c'est un présent des Cieux ;
Nous trouvons dans LOUIS ces qualités aimables,
Qui lui font desirer le bien de ses semblables ;
Qui lui font mériter le nom de GÉNÉREUX,
Titre qu'il portera chez nos derniers Neveux.
Il réunit en lui Titus & Marc-Aurele :
Les Rois de l'avenir le prendront pour modèle,
D'imiter ses vertus ils seront tous jaloux,
Et qui l'égalera sera béni de tous.
  Dans peu s'établira (fruit de cette réforme,)
Un Code régulier d'un Code tout difforme ;
Contenant peu de Loix, mais pleines de clarté,
Simples, sans équivoque & sans obscurité.
Et sur le même fait notre Jurisprudence,
Ici, là, jugera sans nulle différence. (a)

____

(a) La Jurisprudence rendue uniforme dans toute
l'étendue du Royaume.

Au centre de la France, à l'un & l'autre bout,
On verra la raison être raison partout.
Et la Chicane enfin, proscrite & sans asyle,
Rentrera dans l'enfer & tout sera tranquille.

Vous qui dans ces États serez aux premiers bancs,
Vous tous, Grands du Royaume, & vous les plus puissans;
Quelques soient vos Grandeurs, les hommes sont vos frères,
Du moindre des Français entendez les prières.
Vous passez vos momens dans un heureux loisir,
La Fortune vous rit, vous n'avez qu'à jouir.
Nous ne desirons point les Grandeurs, l'Opulence,
Ni ce que l'on entend par vivre dans l'Aisance;
Mais nous vous demandons, pour prix de nos labeurs,
De jouir sans éclat du fruit de nos sueurs.
Si le Roi le prétend, soyez-nous favorables,
Et ne l'empêchez point par des moyens coupables,
D'alléger le fardeau du pauvre malheureux,
Ni de réaliser le premier de ses vœux.

P. M. GENDARME.

9 782019 261504